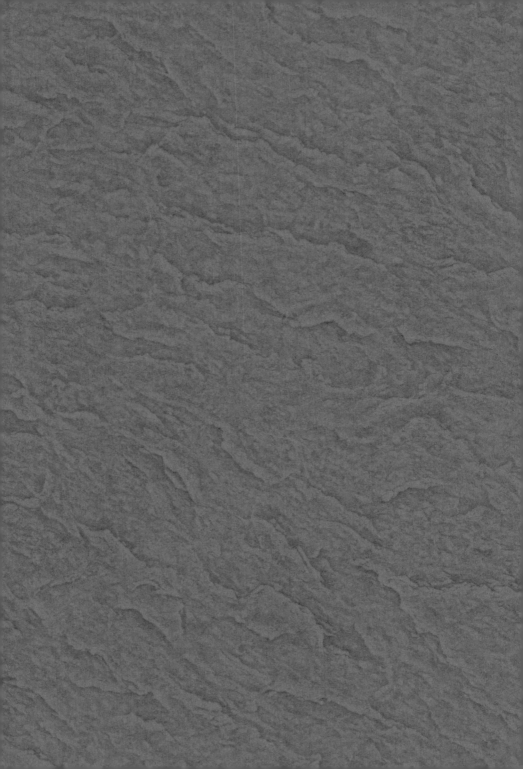

瑪瑙屋

若宮明彦詩集

土曜美術社出版販売

詩集　瑪瑙屋＊目次

カバー写真／著者撮影「赤縞瑪瑙」

詩集　瑪瑙屋

I

石屋

虫を愛でるのが虫屋
花を活かすのが花屋
ならば
石を屠るのが石屋か

医者は生者を診て
ひとすじの希望を探すが
石屋は死者を砕いて
ひと欠片の永遠を探す

とにかく石を割ることだ
眼の前の石という石を
まっぷたつにかち割って
気のありかを探すのだ

割れた石のどちらを割るか
それは割れた断面をみよ
おびえて鈍く光る方が
まさしく気のある石だ

やみくもに叩くわけではない
最もふさわしい形に
気のある石を仕上げて

そっと路傍に返すだけだ

大きくて脆い石もあれば
小さいが粘り強い石もある
夜中の往生際の悪さは
石も人もやはり同じか

石が割れなくなった時
石屋はただの石となる
何億年後には新しい石屋が
ただの石を砕きにやって来る

花屋

海沿いの小さな集落に
小さな花屋があった
土気色の中年男が
せっせと花を仕入れていた

内地出の男は無口だった
花のことを聞かれると
図鑑より正確に語ったが
自分のことは胡桃のように押し黙った

男には花まとめのセンスがあった
誕生日には優しい花束を
結婚式に華麗なブーケを
告別式に荘厳な花輪を

みすぼらしい花屋を出ると
お客はみな微笑んでいるようだった
いや　微笑んでいたのは
両手にかかえられた花かもしれない

どうして花がいいのか
信じて咲くのがいい
花だけを信じて花屋になった

吹雪になると男は決まってつぶやいた

集落に知り合いが増えると
男はさらに無口になった
花言葉をそらんじる日もあるが
家族のことは柘榴みたいに封印した

ある年の穏やかな春先
男は忽然と消えた
突然廃屋となった花屋には
きれいさっぱり花はなかった

その一年後
十年に一度の大時化があった

海岸に打ち上げられた大量の切り花
水平線の彼方で花を商うのは誰か

渚屋

石ひとつない砂浜に
寄り物の帯ができると
知らぬ間に小屋が建ち
ひとが集うようになる

だがいつ覗いてみても
店の主人はいない
テーブルにメニューはなく
ただ梁に「時価」と書かれている

陸側に腰掛ければ海
海側に腰掛ければ陸
どちらが現世でどちらが常世か
それを知っているのは波だけ

〈海の家〉ではない
〈海辺カフェ〉でもない
昨日はずぶ濡れたあばら男が
足のない濡れ女と話していた

寄り物の帯は日ごと変わる
満ち潮の時はより陸側に
引き潮の時はより沖側に

生死の境もそんなものだろう

大時化の時　主人はいないが
嵐が止み　寄り物が上がると
ふいに現れて小屋を出す
梁には「時間」と書かれている

渚屋は誰か　渚屋は誰か
この男の名をむやみに叫んではいけない
渚屋と向き合ったら最期
波間を永遠に漂う寄り物となる

風屋

風はいらんかね〜
風はいらんかね〜
やもめ男がビブラートで
見えない風を売り歩く

紙風船を膨らませてもらおうと
娘が辻に駆けてゆくと
そこに人の気配はなく
小さなつむじ風が舞っている

だが影だけは見えるのだ
あの辻からこの辻へと
きゃしゃな影が歩きまわり
風の匂いだけを残してゆく

きれいに倒された雨戸
引きはがされたトタン屋根
小麦畑のミステリーサークル
この後には必ずやきゃしゃな影

風は慕われることよりも
憎まれることが断然多い
長く時間に交われば

アラばかりが浮いてくる

くっきりした風の文様を
地質時代の砂丘に残して
赤茶けた砂岩の中に
太古の風を封印した

風はいらんかね〜
風はいらんかね〜
きゃしゃな影の男が
見えない風を売り歩く

碑《いしぶみ》屋

石に彫るのは文字ではない
文字を超えた時間だ
過去を耐えた重い時間と
世紀をまたいでゆく時間だ

まず粘板岩を粗割りする
ここで性質の悪い奴は砕け散る
表裏一体きちんと割れない奴は
石も人も欠格者なのだ

黒光りする〈稲荷《いなり》石〉
このきめ細かな岩肌に
ノミとタガネが吸いつけられる
すると指先までもが光っている

託された言葉は一字一字刻む
駄文は駄文のように流れ
秀句は秀句のように揃う
人も文字もやがて消える

天候不順や水害積雪の時に
良質の石版は静かに耐え忍ぶ
本当に質の良いものは

願いを裏切り鎮座する

余った石くずは貯めておいて
粘板岩は黒石に
石灰岩は白石に
一息ついたら亡父と碁を打つか

淡々黙々と石版に文字を彫る
石が喜ぼうが　石が泣こうが
この時代を生き抜いた証に
無骨な指が石に文字を彫る

瑪瑙屋

瑪瑙を商う者
そう聞いただけで
人は皆後ずさりする
魂を抜かれてはたまらないと

まずは原石探しだ
握り拳より大きな
半透明の玉石を探す
美しすぎず　無骨すぎず

小沢を登りつめて
山瑪瑙を探す
川底には柘榴のような玉
山越郡美利河《ぴりか》村字珍古辺《ちんこべ》

高潮をかいくぐり
海瑪瑙を探す
波打ち際には五色の玉
東津軽郡今別村袰月《ほろづき》海岸

リュックから石を出したら
ひたすらに洗う
金ブラシで汚れを落とし

まずは生きた石を選ぶ

石目を見て
望ましい形を決める
丸石は丸く　平石は平らに
研磨されてゆく玉石

最期の仕上げに入ると
男はしばらく姿を消す
磨きかけの石を懐に抱え
山か海か何処かへ行く

その年一番の猛暑の日

美しい瑪瑙を抱えて男は帰ってくる
だが瑪瑙屋はすでにこの男ではない
男の掌の義眼が本当の瑪瑙屋だ

図鑑屋

いつも独り部屋の片隅で
ずっと図鑑を見ている子だった
動くものより動かないものが好きだった
動かないものは私を責めない

祖父に買ってもらった小図鑑や
図書室にあった学生図鑑も
とうに見飽きてしまった頃
図鑑だけを売る店を見つけた

そこには本当に図鑑しかない！
動物やら植物やら微生物やら
鉱物やら化石やら恐竜やら
どの頁にも静止画があふれていた

学校帰り友だちのいない私は
〈学校臭〉すべてを振り切って
街はずれの古書店に行って
何時間も図鑑を眺め続けた

すると鉱物が成長していくのだ
微細な水晶はもう水晶の林に
こちらの頁からは恐竜が吼えている

そんな恐竜たちのバトルを見ている

いるかいないかわからない店主は
本を汚すなとも　本を買えとも言わず
思い出したように図鑑の背を磨き
棚の奥に引っ込んでしまうのだった

俺は本屋でなくて図鑑屋！
男は他人事のようにつぶやいた
好きなだけ図鑑を見てゆくといい
貧相な背中が生き別れの父に似て

漁師宿

やがて気がつくと
耳もとで波音が続いていた
わたしは長い眠りから覚めたらしい
海からの風にギシギシなるふすま
水平線に近い小さな村
だがわたしにはなつかしい

ふとすきまが開いて男が
ひどく声色の悪い土気色の男が

やせた顔に眼をギョロギョロさせ
何か二言三言つぶやくと
波音の近い部屋に引きこもった

鋭い風が聞こえるが
その波長の鋭さは並大抵ではない
安山岩のゴツゴツした岩肌を削り
水平線へ続く海食洞をつくったのだろう
そこでは塩辛い風がたえまなく吹き
死んだものと死にかかったものだけが
自由に行き来できるという

味気なく単純な朝食
ひからびた白米　ぬるいままの味噌汁

どすぐろい沢庵　薫製みたいな焼き鮭
わたしはひたすら朝食を食らうが
あまりの味気なさに吐き気を覚える
だが　いつの間にか平らげてしまう
土気色の男が仕込んだものだろうか

わたしは小さな窓から
海をしばらく眺めていた
海はわたしにもあったはずだ
五歳の泣きわめく海も
十五歳のくすんだ海も
二十歳の夢のない海も
その後はたぶんずっと凪だった
凪の海をただ凡庸に生きてきた

北の大きな島の浜辺で……

この宿にいるわたしは偶然か必然か
あまりにも泳ぎ疲れこの村に来たが
さらに精神的に疲れが増した
凪から凪へ渡り歩く臆病者！

海辺の漁師宿を後にすると
宿にはどす黒いひとりの男
海に転げ落ちていった漁師もどき
死んだ父が三十年ぶりに現れた

舟旅

――すべてかりそめにすぎない、おぼえる者もおぼえられる者も。
マルクス・アウレリウス

ひとすじ行く陸路は辛い
木という木　岩という岩
あらゆる自然物の投網が
来るべき時間をさえぎる

ならば川なら　少しは楽か

曲がりくねった先の瀬には
未知の茂みの暗闇があり
深みに引き込まれそうになる

雪解けで崩壊した巨石は
洪水で幾度も押し流され
雨風で角が取れた頃には
河口にそびえる立神となる

打ち上げられた鈍い胡桃
浜辺の漂着石炭であぶり
ひとつひとつ齧りながら
海からの知らせを待つ

あざとい知らせが届いたら
しばし岩礁で石切をして
記録や記憶を石碑に託し
異次元の旅へと出立する

懐かしい顔と懐かしい言葉が
いつもよりさらに優しい笑顔で
色あせてゆく私の背中を
傍若無人に見送ってゆく

指洗い

いつの間にか
指を洗うと
指先が透けるようになった

淡水ならばそうでもない
だが汽水ならば
指先はぼんやりしたまま

海水になると

すっかり指先はない
頭の取れた土筆みたい

この春から
波打ち際で指を洗うたびに
一本ずつ指を失くしてきた

たしかその頃からだ
海の水がやけに濃くなって
鮭の動きが鈍くなってきたのは

塩抜きに浜辺をふらつくと
一尾　また一尾と
山漬けの鮭が打ち上げられた

鮭が打ち上げられるたびに
透けていた指が
いつしか私に戻ってきた

十月十日経った
激しい霰の日
十本の指が揃った

個体発生は系統発生を繰り返す
エルンスト・ヘッケルが言うように
私は魚類から人類へと進化した

II

羽根

とてつもなく遠い時代の
まったく見知らぬ場所に
背中に生えてきた羽根を
忘れてきてしまったらしい

遠い遥かな夢の中では
青い空を自由に飛び
過去を振り返ることはなく
未来ばかりを見つめていた

目の前の真っ平らな石に
くっきりついた羽根の化石
小さな肩甲骨そのままに

博物館のバックヤードで
失われた自分の羽根を見ていたら
泣き虫の少年に声をかけたくなってしまった

夜の鎮魂

日付の変り目は
夜の裏切りだ

煙水晶みたいに崩壊する
鋭利な鉛筆の芯

拳は肉と骨に帰って
過去を封印する

悔恨の時間を下刻する
脳髄の谷氷河

夜の仕打ちに耐えよ
凍った血を温めて
海明けを待て

鎮魂に目覚めた稜線で
次の亜間氷期に起こる
小さな地すべりを待つ

桜石

桜が咲く頃には憂鬱になった
家族で花見と聞くと吐き気がした
花見に行けるまっとうな家族なのか
桜の根元に吐くことはなかったが

花見が過ぎると気分も落ち着き
桜の樹の周りを掘り返した
屍体を探していたわけではない
桜石を一心不乱に探していたのだ

桜にあこがれて　桜になれないものは
せめて石にあこがれる　かの桜石に
無念抱え散ってゆく武士は
桜石を握って死んでいった

六角鉛筆を短く切った紅の横断面
黒雲母ホルンフェルス中の菫青石《きんせいせき》仮晶
これが桜石の戸籍上の本名だが
主成分のマグネシウムが特に甘い

顔もよく思い出せない亡父は
京都郊外の大学出身だという
亀岡市天神山の桜天満宮で

夢を抱いて桜石を拾ったのかもしれない

桜石はもろく容易に指で折れる
怒りを超えた哀れなさみしさが
仕事も家族も捨て　人生も捨てて
独り死んでいった父にふさわしい

夢の中で桜の樹の根元を掘っている
桜石を一心不乱に探している
発掘した頭蓋骨の砂を払うと
両眼には紅い桜石がはまっている

桜の樹の下で縊死した
年齢不詳の男の骨だというが

この頭蓋骨は父に間違いない
夢の中で私が桜の樹の下に埋めたのだから

梅花石

桜の花には心が沈んでいたが
梅の花には心がほころんだ
華やかな桜の前座を務める
梅のたおやかさに憧れる

石の桜あれば　石の梅あり
石に梅は咲かないといわれたが
十年間めぼしき岩を割り続けて
黒灰色石灰岩に咲いた梅の花

割り出された岩片には
一面の梅の花　梅の花　梅の花
いちめんのうめのはな　うめのはな　うめのはな
いちめんのうめのはな　うめのはな　うめのはな

黒灰色石灰岩を彩る梅花
これは三億年前の五角海百合
学名ペンタクリヌス・ペンタクリヌス
太古の海の五稜殻ともいえる

北九州の門司青浜は
かつて太古の青い浜だった
その浜辺をひたすらに歩いて

転石をひたすらに割り続ける

梅花はないか　梅花はないか
すると一閃　梅の花が輝く
曇った石灰岩中の白色五弁
酸化鉄をまとえば紅色五弁

この石を伝えた当地の硯師
というより奇人変人石人梅谷文弘
硯を彫れなくなった石狂いの奇人
紅白梅花石の墓石の下に独り眠る

鈴石

人にはげまされた記憶はないが
石にはよくはげまされた
だから泣いている石を見ると
思わず抱きかかえてしまうのだ

光の陰った午後に限って
標本室の石が泣いている
古びた引き出しの奥の声の主は
天塩国上川郡名寄産鈴石とある

この握り拳大の薄褐色の石塊が
シャンシャンと泣いていたのだ
如月の降り止まない雪のようでもあり
雪原に捨てられた幼子の声のようでもあり

宗谷本線の始まりである名寄辺りの
天塩川の河岸段丘を掘ると
鈴石がゴロゴロ出てきたそうだ
シャンシャンと泣きながら

最近の科学的研究によると
その時の気温や気圧の変化によって
様々な音色や声色に変異するらしい

非科学的には石にも感情があるのだが

未開の原野に倒れた入植者
北前船で売り飛ばされた少女
間引きされた名もない赤子
もう吼えることのないエゾオオカミ

たぶん北の地で無念を抱え
あまたの人々や生物が
魂のようなものを背負って
石の鈴を鳴らしているのだろう

鈴石のかびた標本ラベルを書き直し
思い切り抱きしめてやると

石塊は微笑んで泣きやんだ
そのうち俺もそちらの世界に行く

春採太郎

あらゆる時代を徹底的に削ぎ取って、ズンズン行けよ太郎。第四紀も第三紀も白亜紀もジュラ紀も三畳紀も、あっと言う間に削ぎ取ってズンズン時間を遡れ。なに大きな断層にぶち当たったのか。ならばここらで少し休むか。今日の興津《おこつ》海岸は夕陽がなぜか美しいから、二億五千万年の惜別をこめて、少し目頭を熱くしよう。針鉄鉱《ゲーサイト》のチョコレートを食べ、原油《オイル》の濃い目の珈琲を飲んだら、重力という重力に逆らって、さらにさらに上昇だ。興津海岸浦幌層群古第三系雄別層に肉食恐竜の口角のごとく大きく開いた割れ目は、三千五百万年前の地表の大きな痛み。いや地表と地下と大気がきしむ激烈な痛みなのだ。これらの痛みすべてを、一身に引き受けて、全身全霊前代未聞の砂岩脈を作った春採太郎。そのお前の凄まじいまでのエナジーは、戦後最盛期の釧路炭田の熱量のようだ。砂岩脈の形成プロセスにワチャワチャ言う奴もいる。割れ目に砂が落ちたとか、あるいは液状化で砂が下から上昇したとか。馬鹿者、しおれた滝のように重力下りをするのは、腐った三流の物質だ。重力という重力に抗って、地下深くから砂が噴出する怒りの一撃が、日本最大級の砂岩脈だ。その時お前がこの割れ目で、くだらない読書でもしていたら、砂まみれの肉片になっている。振り返ると、興津海岸にすでに古代の海が押し寄せている。この潮の匂いからすれば、満潮が近づいている。太郎は生粋の砂岩だから、流石に泳げない。次の高海水準期がやって来るまで、液状化の仕事は弟たちに任せよう。過去の巨大地震を反芻して、幅四・五メートル、高さ二十メートルの巨大な砂岩脈になった太郎は誇らしい。まもなく未曽有の地震がやって来るだろう。まさしく次は次郎三郎お前たちの出番なのだ。重力という重力を断ち切る硬質砂岩の拳を磨いておけ。

春採次郎

三千五百万年前から次郎は悩んでいた。太古の興津海岸に形成された湿原にズブズブ沈みながら、泥炭色の生気ない顔で、千島海溝をずっと眺めていた。〈太郎を眠らせ、太郎の間に砂埋めこむ、次郎を眠らせ、次郎の間に砂埋めこむ〉。過去の地震で出来た古第三系雄別層に開いた割れ目の闇を、怒濤の海砂がきれいさっぱり埋めたのだ。兄貴は兄貴で、俺は俺で、重力という重力に逆らって、突出したのだ。幅四・五メートル、高さ二十メートルの日本最大級の砂岩脈春採太郎は、確かにすごい。しかしだ、幅一・五メートル、高さ十メートルの北海道最大級の砂岩脈春採次郎だって、なかなかのもんだ。だが、地質時代の世間は無機物ゆえに、忖度なんかはしない。春採兄弟の貧弱な方とか、岩脈兄弟のそっちでない系などと、地表でも地下でも蔑まれている。興津海岸に堂々そびえる兄貴と比べれば、いくらかひ弱な砂岩脈だが、百万年レベルの矜持は持っている。液状化で根釧台地をズタズタにしたら、おまえらは住む処がないだろう。そのくせ、太郎は目立つが次郎はどこだ？　とか、意外とちっちゃくてカワイイ！　とか、さんざんほざきやがって。言っとくが、俺は古第三紀の咬ませ岩じゃない。〈太郎を眠らせ、太郎の間に砂埋めこむ、次郎を眠らせ、次郎の間に砂埋めこむ〉。だが、こんなにも夕陽がきれいだと、兄弟間の妬みも忘れてしまうよ。なあ、兄貴？

三千五百万年前から眠ったままか。俺にはただのでくの坊だが、その落ち着きようは大したものだ。俺たちに永遠はあるが、永久はない。そのうち千年も経てば、地球温暖化による海水面上昇で、興津海岸はきれいさっぱり侵食され、太平洋の彼方に消え失せる。砂岩から砂に戻って、初めて俺たちは和解する。チョウチンアンコウの灯りのもと、砂粒となった砂に貴賤はない。

春採三郎

興津海岸の端っこには、大した大波もやってこない。なぜか風や雲もそっけなく、とりあえずの挨拶しかしてくれない。海岸の北西方向を眺めると、太郎次郎の兄弟が、相変わらず小競り合いをしている。遠目に見れば、巨岩に多少大きめの巨石が挑んでいるもので、ハナから勝負はついている。だが、次郎兄貴には、そこで突っ張るしか所作がないのだろう。三千五百万年前の怨みとか、三千五百万年続く屈辱とか、得意の被害者面行動で、ローカルな地質年代表を賑わせている。だから、デスモスチルスやナウマンゾウから、お前の兄貴たちかと聞かれた時には、他人（他岩）の空似ですとはぐらかしている。太郎兄貴は天然記念物なので、ＳＮＳとかにも登場し、砂のサインも書いたりする。話したことがないので〈お互い岩だし〉、本質は知らないが、気は優しくて力持ち的なイメージで、ゆるキャラを狙っているとの噂もある。そこがまた次郎兄貴の気に入らないところで、タール混じりの原油を飲み過ぎた日には、あいつに隕石を落としてやる！　などと叫んでいる。でも隕石の衝撃波で砕けやすいのは、砂岩脈の厚さが乏しく、亀裂が多いあなたでしょと、きっちり言いたいが、石が裂けても言えない。春採太郎次郎兄弟の話はもういいから、お前のことを話せと、釧路炭田に説教されたが、実は話すことがないほど、存在感に乏しい俺でした。ちなみに俺は、巷では〈砂の馬鹿三郎〉と呼ばれているらしい。ところで俺の下には四郎もいるのだが、三兄弟とか、四兄弟とか呼ばれることはまったくない。春採太郎次郎兄弟は本物で、春採三郎四郎兄弟はモノマネ芸人〈芸岩〉と思われている。地学事典にも地質学データベースにも、俺たちの名前はない。実は四郎は海底に露出しているので、しばらく顔を見たこともないが、元気そうだ。三千五百万年前からずっと不貞腐れている立派な弟である。

ハンマー

ハンマーがあるから、叩きたくなるのではない。叩きたい石や人や諸々があるから、ハンマーが必需品となるのだ。すれ違いざま素敵な石があれば、懐から岩石ハンマーを取り出して、まっぷたつに割ってみたくなる。石も人と同じで見かけが九割。石を叩く時には、三種類のハンマーを使い分けている。まず木製の柄に金属がついたもの。ひ弱なやつなら、まあこれで一発。ハンマーヘッドが眉間にめり込んで、鈍い音がする。きれいに割れなくても、ガレ場にくたばれば、テクニカルノックアウトだ。次に華奢な同朋には、エスティング社チゼルハンマーがよろしい。これは米国製、ヤンキー魂入りの鋼鉄製だが、ハンマーテイルが平刃で、鋭利に断面を作りやすい。対象物の解剖断面図を作成する時にも重宝する。紅白縞瑪瑙の断面なんかは、前沢牛よりも美味しくて美しい。もう少しヤンチャな輩には、エスティング社ピックハンマー。こいつもテキサス魂に満ちた鋼鉄製だが、テイルはティラノサウルスの爪みたいに尖っている。ハンマーヘッドで眉間を狙うフリをして、尖った方でふくらはぎを打つ。六千六百万年分の怒りのカーフキックだ。足元がふらついたら、重厚な四角いヘッドで、息の根を止める。当たりどころが悪くて粉々になったら、取りあえず十字を切って、不燃物として処理をする。しかし対ハンマー効果においては、ウェイトの意義を舐めてはいけない。石も人も重さという属性が効いてくる。地球には重力加速度が働いているのだ。その時は最終兵器ブロック用大型ハンマー（ドイツ製）で、いくしかないだろう。文豪ゲーテの巨体にぶつかるように、正攻法で勝負を賭ける。勝つも地獄、負けるも地獄、砕くか砕かれるか、それは時の運。メフィストフェレスのみが知ることだ。巨石や巨人にかなわず、身も心もハンマーも砕け散ったならば、とっさに鋼鉄片を集めるのだ。それらをかき集めて、ひとまず太陽系辺りに逃亡して、小惑星に身を潜めよう。そしていつの日か超巨大な鋼鉄製のハンマーを地球に落として、地球そのものをまっぷたつにしてやるのだ。

＊　ハンマー、クリノメーター及びルーペは、地質屋の三種の神器。

クリノメーター

リンゴだけではなく、石や砂も重力には逆らえない。万有引力の法則では、重さがある限りあらゆる物は地球の中心に引かれて落ちてゆく。ミカンもオレンジもキンカンも、礫も砂も泥も、聖人も悪人も地球の闇に落ちてゆく。だから否応なく地層は水平に堆積してゆくのだ。水平に溜まった地層は、整然として小ぎれいだが、何か物足りない。そのためいつの間にか地層は傾いてゆく。地層も石も、人生も人も、本当は傾いていたいのだ。そこで地層の傾きすなわち走向・傾斜を計るためには、クリノメーター（傾斜儀）が必要となる。うんと簡略化すれば、磁針と水準器がついた手頃な箱である。木製なら水に浮かぶが、金属製でも油には沈む。どちらにしろ、水や油は苦手だ、胃腸の弱い中高年のように。クリノメーターは初級者用だが、クリノコンパスといえば上級者用だ。これには本体の数字板を反転させて読み取れる鏡が付いていて、鼻毛の有無などを確認できる。海岸、崖下、山麓などで地層を見つけたら、さっそくクリノメーターで傾きを計る。水平なら零度、垂直なら九十度というわけだ。角度が大きいほど、激しい力を受けている（外圧、期待、誉め殺しなどのジワジワ感）。海洋プレートに押されたり、大陸プレートに押されたり、さらに強烈に妻に押されたり、下衆な上司にも揉まれたりして、激しい褶曲や断層が生じている。私のベルトには、小さな四角の革ケースがあるが、スマートフォンではなく、クリノメーターが入っている。地層や人や諸々を、フィールドで見るためだ。例えば地滑りのすべり面は三十度前後だが、前の席の絶壁頭のひとは八十八度くらいか。寝落ちした学生の背中は、零度か百八十度。さてフィールドに良いサンプルがなければ、自分に関わる傾きを計ってみる。今まで右肩上がり二十五度くらいだったが、五十を過ぎてからは、右肩下がり二十五度くらいか。今後の半生を改めて測り直してみたら、磁針が目盛りに張り付いたまま微動だにしない。すなわちもう伸び代がないということである。

＊　ハンマー、クリノメーター及びルーペは、地質屋の三種の神器。

ルーペ

正体不明の石ころが持ち込まれたら、まずは肉眼鑑定となる。この時には五感を使えと、昭和の師父からしつこく指導された。初めに色や形をじっくり眺める。次に石をなでてみる。ごつごつした奴、ざらざらした奴、すべすべした奴、石にもなでられ上手がいるわけだ。今度は木槌で叩いてみる。賢い石はそのように、そうでない奴はそのように鳴り響く。金の匂い、銀の匂い、銅の匂い、そっちの原油くさい奴は、自然発火して消え去った。爪先ほどのかけらを口に含んでみる。岩塩は塩辛く、琥珀は甘い。非金属系ならまだしも、金属系ならやめておこう。癖になる。だが五感を働かせても、わからない時がある。そうなったら、愛用のルーペを使うのさ。肉眼でごまかされても、拡大すると、そのアラが見えてくる。石も人も諸々も。だが顕微鏡までは必要ない。ミクロのレベルになると、むしろ個性が失われてしまうから。これはＡＩ画像解析にまかせておくか。十倍か十五倍あたりのルーペか、そのあたりがちょうど良い。高倍率のルーペでは、視野が狭くなって、あまりにざっくりしてしまう。手のひらに対象の石ころを載せ、上下左右表裏をしつこく観察する。日をおいて何度もルーペであちこちから覗き込むこともある。今日は自然光、今日は赤外線、明日はブラックライト、対象が人なら変態だが、石ならばせいぜい変人というところか。だがなかなか真の姿を見せないかたくなな石もある。黙して語らないのが、石の本質でもあるから、そこは気長に一億年くらいは待ってみる。しかたないので、その間には恐竜を出現させたり、恋愛させたり、絶滅させたりして、進化ゲームでもやったりする。道端に倒れている人はさほど気にならないが、その横にある石が妙に気になることがある。目ぼしの石を拾い上げ、十倍ルーペでしつこく観察する。試しにその石を折って、断面を覗いてみると、うつむいた男の横顔が、ルーペの硝子面に浮かび上がったりするのだ。

＊　ハンマー、クリノメーター及びルーペは、地質屋の三種の神器。

岩石倶楽部

——石よりほかに楽しみなし

木内石亭

いつの間にかクラブが始まっている
部室はりんとした無機の気配
未練がましい奴はいない
まして生臭い奴などは

部長のイワクラ君が座っている

大地に根っこがあるみたいに
利発ともいえず　重厚ともいえないが
ただ巨石というだけで部長に選ばれた

窓際にはタチガミ君が立っている
水平線や地平線を眺めているのではない
その彼方の未知の世界を見ているらしい
いつの間にか彼は別の窓際に移動している

視線を落とすとイワサカ君がいる
平べったい石を　縦にしたり横にしたり
気にいらなければ　縦を横にして　横を縦にして
地磁気はふいに逆転するから方位に意味はない

部員たちは全員無生物なので
特に会話らしい会話はない
しいていえば石の割れる音
あるいは砕ける音が共通語か

太陽光で焼かれ風化したり
岩石カッターでまっぷたつにされたり
偏光顕微鏡でしつこく覗かれたりして
思い思いの長大な時間をすごす

いつの間にかクラブが終わっている
何も風景が変わっていないようだが
それはまだ一万年も経っていないからだ
石が少しへこむにはもう一万年かかる

クラブに参加できない石ころは
道端でごろごろしている
するとどこかの寡黙な少年が
その石を恥ずかしそうに拾ってゆく

化石倶楽部

——化石は神秘的な特殊な力によってつくられた
アリストテレス

石の世界では化石は犯罪者だ
たとえひと時でも命があれば
まぎれもない前科者だ
だから化石は部室の日蔭にいる

このクラブはやたらと規律が多い

一万年より若い奴は部員になれない
五千年前の出自なら残り五千年を
グラウンド地下の鍾乳洞でやりすごす

とにかく古いことが重視される
億年も経っていないのは半人前だ
部長は三十八億年前のシアノバクテリア
小さすぎて誰もその姿を見たことはないが

ここでは捕食者が幅を利かす
三葉虫よりもアノマロカリス
トリケラトプスよりもティラノサウルス
最下層は時間に食われた男たち

いつのまにかテーブルの上には
バラバラの骨片や貝殻片
こいつらを組み立て　そして壊して
イモ畑に霜のようにまく

やがて初夏になると
ジャガイモに似た花が咲き
ジャガイモに全く似ていない
種イモが採れたりする

イモは掘り出された瞬間に
無骨なかたちの石となり
絶滅したナウマンゾウやマンモスゾウの
氷期の貴重なエサとなる

部室の片隅に化石が溜まっている
ここは雨風にさらされた化石鉱脈だ
たまった化石がふいになくなると
クラブは三々五々終わってゆく

鉱物倶楽部

——樹木よりも鉱物、それも水晶のようなものがいっそう偉いのだ

稲垣足穂

西陽射す部室そのものが
閉じられたひとつの時空間だ
煌めいたり　反射したり　発光したり
それぞれの位置に座っている

部員の資格はすこぶる厳格だ

ぬめっとキノコみたいに生えてる奴や
せわしく動き回る甲虫の類いは
瞬時に窓から捨てられる

育ちの悪いのも拒絶される
元生物の琥珀や真珠は
養子縁組を繰り返したまがい物
すぐさま強酸の風呂に沈められる

見栄えの悪い奴は論外
石なのか　岩なのか　苔なのか
鉱物は見かけが九割
お前らは排土置き場へ行け！

部室の真ん中に縞瑪瑙の岩塊
真っ二つに切断研磨された断面
電気石の林や土耳古《トルコ》石の沼が浮き出ている
シベリアで見た暗いタイガを思い出す

長身淡麗六方晶形のアクアマリンが
薄紅色の薔薇輝石を口説いている
あっさり振られてゆがむ結晶
その端正な晶面に小さな亀裂

夜になると部室の灯りは消え
カリカリ　コリコリ　キリキリと
鉱物たちのささやく音がする
討論か談笑かフォーカシングか

朝まで部室の灯りをつけてはいけない
結晶の成長様式はこの世界のタブーだ
灯りをつけたとたん　鉱物は砕け散り
あなたの眼は　黒瑪瑙の義眼となる

あとがき

幼少期から石（特に鉱物）に興味関心があって、五十年ほどが過ぎた。その後、学生時代には詩に魅かれて、詩を綴るようになった。そこで私の大好きな石のことを詩作品にしてみようと思いついた。詩と石、文学と科学の境界線あたりを探ってみようとするささやかな試みである。

詩集をまとめるにあたって、土曜美術社出版販売の高木祐子さんには、全体の構成を含め大変お世話になった。また、詩集の編集・校正では、小篠真琴さんにご協力をいただいた。ここに厚く御礼を申し上げます。

石狩湾の蜃気楼を眺めながら

二〇二三年四月

若宮明彦

著者略歴

若宮明彦（わかみや・あきひこ）（本名　鈴木明彦）

個人詩誌「Asgard」発行。
詩誌「指名手配」、「極光」、「かおす」同人。

詩　集『掌の中の小石』（1985 年　かおすの会）
『風が空を思う時』（1988 年　雲と麦詩人会）
『貝殻幻想』（1997 年　土曜美術社出版販売）
『海のエスキス』（2014 年　書肆山田）
詩論集『北方抒情―亜寒帯の詩と思想』（2010 年　書肆青樹社）
『波打ち際の詩想を歩く』（2020 年　文化企画アオサギ）

現住所　〒002-8073
札幌市北区あいの里 3 条 6 丁目 9-10-405　鈴木方

詩集　瑪《め》瑙《のう》屋《や》

発　行　二〇二三年四月十五日

著　者　若宮明彦
装　丁　直井和夫
発行者　高木祐子
発行所　土曜美術社出版販売
〒162-0813　東京都新宿区東五軒町三—一〇
電　話　〇三—五二二九—〇七三〇
FAX　〇三—五二二九—〇七三二
振　替　〇〇一六〇—九—七五六九〇九
印刷・製本　モリモト印刷

ISBN978-4-8120-2747-9　C0092